RAINBOW | 090

초록의 눈

김근숙 시집

초록의 눈

초판 발행 2021년 6월 14일
지은이 김근숙
펴낸이 안창현 **펴낸곳** 코드미디어
북 디자인 Micky Ahn
교정 교열 이형욱
등록 2001년 3월 7일
등록번호 제 25100-2001-5호
주소 서울시 은평구 갈현로 318-1 1층
전화 02-6326-1402 **팩스** 02-388-1302
전자우편 codmedia@codmedia.com

ISBN 979-11-89690-51-9 03810

정가 12,000원

| 이 책은 용인시, 용인문화재단의 문예진흥기금을 지원받아 발간되었습니다.

초록의 눈 | 김근숙 시집

김근숙

굳고 얼어붙은 땅을 비집고 싹은 움튼다.

새 생명이다. 코로나로 힘들고 자유를 구속받았다고 분노하는 사람들에게 땅 위를 빼꼼히 내민 싹은 희망이라는 이름으로 사람들을 치유해 준다.

땅속뿌리가 깊고 사람의 심지가 굳다면 누군가 나무에 영양을 주고 사람에게 관심과 애정을 쏟으면, 땅은 충분히 이해한다. 스스로 도우려는 자를 돕고 꽃을 피우고 열매를 맺도록 도와준다.

인생도 항상 봄날이면 좋겠다. 삶의 4계절을 겪어내면서도 자신을 잃지 않는 맑고 순결한 기운을 가져 아지랑이 피듯 웃음이 만발했으면 좋겠다. 시집 『초록의 눈』을 삶에 지치고 힘들어하는 우리 모두를 위해 과감히 세상에 내어 본다. 위로와 격려가 될 수 있었으면 한다.

들풀처럼 자라서 짓밟히고 뽑혀도 뿌리가 있으면 다시 싹을 틔우는 들꽃처럼 씩씩하게 일어나 온 산야를 불태우는 들불이 되리라.

부족한 사람이지만 진실한 자세로 정직하게 살아가면서 겸손함을 지녀 세상의 소리를 외면하지 않겠다.

『초록의 눈』이 출간되기까지 격려와 충고를 아끼지 않으신 지연희 교수님께 머리 숙여 깊은 감사를 드립니다. 문학의 길로 인도해 준 시계 문우님들과 시집이 탄생되도록 출간비를 지원해 주신 용인문화재단에도 감사를 표합니다.

2021년 6월

김근숙

차례

1부 저 밖에는

2부 스쳐가는 것

차례

3부 마중

4부 숨은 그림자

차례

5부 집착

초록의

눈

궁극의 완벽함은 시공도,
경계도 없는
무

-「저 밖에는」 중에서

1

저 밖에는

꽃

어린잎이나 떡잎이 되어도 사랑스럽다
필 때 파안대소하고, 질 때 눈물 뚝 흘린다

왜 사람이 꽃을 좋아할까?

꽃의 생명은 한 숨, 사람도 한 숨
만물 원리가 조그만 씨앗으로 잉태되어 영혼이 깃든다

온 세상을 날아가는 꽃
바람이 실어주고 태양이 길러주어

태엽을 감고 맷돌처럼 세상을 돌리는 이여
한 방울 '뚝'으로 꽃을 지우는구려

그래

등대

짙은 어두움은 불빛을 노 삼아
거센 파도는 쉴 곳을 찾아 사공이 된다

폐부는 숨으로 헉헉대고
손은 불타 뜨겁다
먼 시야에 들어오는 빛은 실낱
산달이 임박한 아내
하늘을 향해 소리친다

거세게 꼬리를 휘감으며 맴을 돌고 있는 소용돌이의 눈
암초에 부딪혀도 여러 날 살아남은 한 조각
공중으로 치솟는 물기둥에 정신을 잃고

눈을 뜨니 바다 가운데를 벗어나 있다

날 지켜준 아가 넌 파수꾼
난 노 젓는 사공

기약 없이 흐른 나날들
돌아보니 그 자리 나의 쉴 곳

겨울

깊은 어둠 속 침묵하는 밤하늘
외로이 선 나무, 가지 위에

밤새워 소쩍새 소쩍 소쩍 처량하다

두메 마을 호롱불 아래
글 읽던 나그네
창호지를 후벼 파는 서릿발에
쉴 날 없음을 한탄한다

별은 헤아린 둥 만 둥
달이 구름 속을 헤집고 드니
하~ 세월 수상하다

툇마루 벗어 둔 신발, 짝 잃은 두견이다

마음은 소리 없는 아우성

납작하게 엎드려
뻗은 두 손
하늘을 향해 비워 둔다

타는 갈증, 범벅된 먼지를 쓰고
기도하는 그녀
손톱 끝에 새겨진 검은 욕망

백날을 하루같이 쏟아진 은총
햇살처럼 눈이 부시어도
뻗어 내민 두 손에 남은 흔적
포말에 씻겨간 파도 같다

땅끝 깊숙이 박혀 버린
그림자 진 얼굴엔
용서 없이 굳어진 회색 담장

세월만 붙들고
마음은 소리 없는 아우성

나의 길

살아간다는 것은
주어진 길을 담담히 가는 거다
삶의 온갖 모습은
살면서 부딪치는 현상일 뿐
누군가 걸어간 자취에 끌려가듯
간다

가다가, 잠시 걸음을 멈추고
걸어온 길의 지평선을 보면
이만큼 살아왔다는 게 기특하다

이 거리 저곳에 들쑤셔져
굴러다니는 멍돌, 나의 조각
땅거미 지고 어두운 하늘에
뾰족이 내밀어진 얼굴은
세월의 수를 헤아린다

새벽이 오면
가는 어둠처럼 엉거주춤 일어나
모퉁이 사납게 휘몰아쳤던 길

여명의 빛 붉고 푸르다

눈 아래로 흘러가는 세월의 장목 속에
조용히 열병하듯 가는 삶의 흔적
물빛 속에 잠긴다.

순간에서 영원으로

말이 쏟아진다
시간도 공간도
분, 초를 다투는 세상에선 흔들림이 없는 게 없다

뇌 심장에서 손으로 와서 글이 되기까지
두 눈은 보려고 부릅뜨고
코는 킁킁거리며 귀는 팔랑이고
입은 쏟아내려고 법석을 떠는데
처음 했던 생각이 시간과 장소에 멈출 수 있을까?
손사래 쳐도 1과 10은 차이가 있다.

하여

말은 들을수록 곱씹고 입은 굳게 단속하고
쫑긋거리지 않도록 귀를 싸안고
콧구멍은 벌름거리지 않게, 눈은 뜬 듯 만 듯
생각은 굴려지고 해석되지 않도록
두 손은 마주 잡고 피부를 스치는 기운에 포착하지 말고
순간을 놓쳐라

호흡은 숨을 고르고 몸은 경직에서 풀려나 편안해지며 자유를 갖는다

모든 것은 찰나

움직이지 않는 것은 어리석음으로 경색을 일으킬진저
훌훌히~ 유연의 날개를 달고 순간에서 영원으로

허공

소리친다
메아리 되어 되돌아온다
영혼 없고 숨결 없는 것
둔탁하여 멍치 두드린다.

매일 매 순간
착시 탐해 시공 속에 앉아 있는 나
뿌연 안개 가물거리며 찾는다.

같은 말 듣고
같은 대답을 한다
틀에 갇혀 버린 생각
마음 떠난 지 오래면서
시간을 횟감 치고 있다.

거기 누구 없소
누구 없소
누구 없나

점점이 사라지는 양심
시간을 앵벌이하는 정의

우유부단

게다가 고지식하고 엉뚱하다면
한 사람은 멀어져 간다

멀리 가면서 자꾸 뒤돌아 힐끗거리며
갈 마음을 정하지 못하고 있다

날 믿으라며 등을 쓸어안고 선
180도 회전하는 마음

망망대해에 조류로 밀려 살려달라고 울부짖는데
6시간 그를 관망만 했던 관계자 여러분

코로나로 날마다 줄어들지 않는 숫자를 대며
광화문 집회 참석한 교회 사람 탓

날마다 달마다 스크린 속에서는 가면을 쓴 얼굴들이
히히거리며 정의를 부르짖는다

마냥 보고 있기만 하지
결정적일 때 소신껏 하지 못한다

나도 그렇다

정의

권력 앞에 속수무책이 된
그들의 비행
과거의 그림자로 찌들은 우리

너도나도 징징대며 울고는
하나둘씩 배반의 향기를
품어댄다

악마가 큰 하품을 하여
양심은 끝없는 아우성을 친다

권력의 향기는 살인적이라
날름거리는 혀로
세상을 휘감아
영어의 몸이 된 정의는
늪에 빠진지 오래다

썩고 뭉개져 뼈가 허옇게 드러나고
권력일수록 공기구멍이 많다는 걸

알아차릴 때쯤이면

올봄 새싹처럼 돋아나
그를 마중 가리라

고무줄놀이

땅을 박차고 힘껏 뛰면 여러 번 오를 수 있어
하지만, 양쪽에 줄 잡은 사람 마음이래

뛰어오르고 내리고
시간 가는 줄 몰랐네

툭~투욱

고무줄 끊기는 소리에 공중을 휘돌던 다리
푹석 내리꽂고 몸은 좌향좌 우향우

튀고 달아나는 철이 머리를 달음질하여
붙잡으니 휘둥그레 놀란 눈

아무리 뛰어올라도 그 자리
줄 잡은 이 없으면 재미없는 놀이
세상이 있기에 오늘도 내일도 장단 맞추네

저 밖에는

작은 어깨 동그랗게 말아 시린 손, 새파래진 몸
들여다보며 바닥을 응시한다

초점 잃은 시선이 머무는 곳에 갈고리 같은 나의 삶
얽히고설키어 헤어나지 못하네

굽은 등 위로 비추어진 햇살에 붓고 부풀어 오른 멍울 자국

내 안의 불성佛性 찾아 먼 길 돌아
심연深淵에 닿으니

군중 앞에 죽음도 불사할 용기 있다 하던 나
홀로 두려워 주섬주섬 두리번거리는 모습 비굴하여라

저 너머 존재하는 건 공포인가, 환희일까?
선일까, 악인가

아니
궁극의 완벽함은 시공도, 경계도 없는
무無

탁류

찌든 가슴 위로 쏟아져 내리는 비
빗발치는 비난도 아랑곳 없네

강도가 높아질수록 권력도 세어질 테니
얘들아 온 세상을 향해 포효하렴
억울하면 공중제비를 타

나는 뒤에 누가 있어
배부르게 먹고 양껏 놀아도
예쁘고 멋있다 하더라
너는 머리 깎았다고
200만 들인 팔찌 받아 보았니?
없잖아

시류時流에 이바지하며
온 가족을 끌어모아 바다에 뛰어들었지
무모하다고, 아니
75노트 큰 배를 몰고 그가 와서 있던걸
용기 있다고 열사 하래 고마워서
쟤들은 몰라

빨강, 파랑, 갈색의 물
색이 빠져도 물은, 물이란 것을

예끼 이 사람아
그들은 절망적인 순간에야
하느님의 은혜가 임한다는 믿음이 강해

너
하느님 빽 있어? 없잖아

운명과 죽음

태어나면서 같이 온 친구들

어디에서건 부르지 않아도
부를 수조차 없을 때도
등 뒤 앞가슴 바라보며
곁에서 딱지처럼 붙어 있다

오랜 시간 속을 회전하지 못하고
나, 앉아 있다
내 안에 있으면서 밖으로 가선
보이지 않는 연으로 꽁꽁 묶여
혼돈의 세상, 미지의 세계로 이끌려 가다

흰빛이 번쩍하는 순간
땅끝에 서 있는 나를 보며
동반자인 너는 친구인가, 적인가?

죽음은 성급하게 가던 길 가려 하고
운명은 그 자리에 서 있다
무엇을 위해 나는 살았을까?

질문과 질문을 해답과 해답을 얻으려
손길을 내밀어 보았다

뒤돌아본 길에는
검은 발자국이 거꾸로 찍혀 있다

인연의 노래

너울거리는 금빛의 물결
새벽 서기가 빰 위를 스칠 때

굵은 씨앗의 동이 줄 잡고
치마끈에 물든 붉은 장미
밤새워 피었네

생의 바다에 퍼지는 그대의 잔잔함이
잔망스런 마음 넌지시 달래준다

어째 여기이던가
이리 서럽게 오니
변화무쌍하여 예측할 수 없는 세월 속에
광기에 파묻힌 시간은 속절없구나

억겁의 고통과 헤아릴 수 없는
고뇌를 겪어도 인연의 줄 비밀스럽다

사람의 사랑이 두터울진데
사람의 고통은 변함도 없어라
그래도 이어지는 그대와의 연가戀歌

초

록

의

눈

누군가 말을 걸어오면
생각은 비어버리고
심장은 식어서
행동은 굴렁쇠 같다

-「사념에 젖어」 중에서

2

스쳐가는 것

어머니

청도 산골짜기 과수원 앞에 어머니
묻고 마음도 묻은 줄 알았다

허공에 진 십수 년의 세월은 어제만 같고
형제와의 인연도 점점 빈자리

아세요?

마루, 쪽방 쪽잠을 주무시던
모습, 보기 싫다고 쫑알대던 딸이 어머니 닮아

오늘도, 과수원 길을 헤맨다

자작나무

회색빛 검은 숲 띠를 두른 병사들

그늘숲 양지에 쏟아지는 햇살
틈새로 푸른 하늘 어른거리며
초록의 바닥 속내를 태운다

까만 눈동자의 외지인 병사들을 눈여겨보며
자일리톨 100%를 외친다

길과 길 사이로 짧은 다리의 나그네
부지런히 걸어도 둥지 큰 키 큰 자작나무
끝이 보이지 않네

찬 공기 양지에서 미네랄을 먹고
바람을 비료 삼아 청량한 생명수를 뿜어내는 너는
경의 작위가 있는 품격 높은 나무

자작

스쳐가는 것

가벼운 바람이래도
실눈 같은 간교가 있으면
살짝 스쳐도 베인다

졸졸 흐르는 물도 상처를 느끼고
낙엽 한 잎에도 짓물린 눈물 흘린다

우연히 생각 없이 흘렸던 말들이
싹이 트고 꽃망울 맺어
여기저기서 붉은 생채기를 토한다

시간도 스치고 공간도 텅 빈다
지나가는 것은 밟으며 가고
쉬는 숨 헛기침한다

언젠가 갈 것은 가고
올 것은 느닷없이 와
임박한 무렵에서야 진아眞我와 마주할진데

스쳐가는 것은
그리 가볍지 않다

사념邪念에 젖어

생각이 많다
사로잡힐 때는 한나절
머릿속이 하얘지고 세상도 흐릿하다
답도 없는 생각만으로
멈칫거리고 울렁울렁 검은 듯 흰 속이다

누군가 말을 걸어오면
생각은 비어버리고
심장은 식어서
행동은 굴렁쇠 같다

구별과 비교로 하루 온종일
웃었다 울었다 앉았다 섰다
답답한 모양새에
나는 누구인가 물어도 할 말 없다
과거에 얽매여 추억에 젖어 백날 말한 듯

바닥이 변하지 않으면
맴만 돌고 날지 못하는 것을

나그네

걷는 길에
하늘에서 퐁퐁 쏟아지는 것
내 마음도 따라 솟아

시골집 뜰안 내 어머니같이
흠뻑 적셔주던 눈

비바람에 씻기고 찢긴 나날
모퉁이 수일 돌고 돌고 걸어간 길

만나지도 맺히지도 못해
품 안에 자식 날마다
홀로 외로이 등불 켜던 밤

언약할 수 없는 날 길어져

눈물 젖은 나그네
길에서 터벅거린다.

그 가을 쓸쓸함에 묻혀

멍하게 세월을 뒤집어 옹골진 가슴 부여안고
차가워진 보도 위
일탈을 꿈꾸며 분주하게 하루를 대출받는다

열리어진 하늘 바람의 숨결
볼을 매만지는 가벼움 속 부드러움
그리움에 젖어 까치노을 지는 곳

용문사 산길 걸으며
융단처럼 펼쳐진 나무의 군상
순간에 햇살 뿜어 눈부시다

저물 무렵 드세지는 바람
동무들 머리에 낙엽 한 점 스르륵
지고 흩어지고 가고 없다

화롯불 같은 성화로
도로를 안고 온 시간
가을볕에 묻혀 쓸쓸하다

앉은 세월은 저만치 가고

습한 공기 매콤한 곳
건조하고 따끈한 햇살에
용쓰며 푸근히 앉아 있는 그는
시간을 벗고 있다

적막 속에 소리 없이 사라지는 말
댓돌에 눌리어진 현재를 아기처럼 보듬고
추 달은 몸
저울질하는 무게

무겁다, 저린다

비대해진 상체
가늘어진 하체

그런

그가 슬며시 웃으니
앉은 방석 틈새로 햇살, 쇠고랑을 벗긴다

자유

총탄에 부모님 가셨을 때
서럽고 억울함은
나를 옥죄어왔지만
생각하고 말할 장소와
사람과 이유 있었다

사람을 겁낼지라도
속이거나 탐하지는 않는다
신神과 양심을 알기에
뒤통수를 칠 수가 없다

한 뼘 방이 무섭지도
땅벌레 기어가는 것도
무섭지 않다

두려운 것은
자유를 잃어 진실이 바래지며
악으로 덧칠한 세상이
가까이에 있다는 것이다

내리는 비로 슬픔 만들지 않기

밖은 물난리

지축을 흔드는 것은 쏟아지는 빗소리
하늘이 서럽다고 하니 내 마음도

비雨야 내리느냐?

때 묻고 멍들어 지치기까지 한 우리
위로하려고 구둣발 소리 요란하게
오는가

비悲야 솟구치게 오는가?

하늘은 무심하지 않고 뜻은 간단
때에 대비하고 살피며 날 낮추라고 이른다

사람들은 작은 빗줄기를 가볍게 여기고
작은 거리는 소일 삼아 무시하고
큰 것에만 눈과 마음을 연다

비가 내린다

마음에 심지 굳다면 비雨는 비悲에 젖지 않는다

근원에서 깊게 사랑하고 믿으면
비는 빛으로 온다

무제

멍하니, 볼펜을 쥐고 공책을 마주하다
시계를 보니 05시 55분
1초 1분 째각째각 흐른다
짧게 내뱉는 숨을 바트게 쉬며
그래도 멍하니

초조 불안하여 쿵닥쿵닥
머릿속 마음은 깊이 누그러져
만물이 생성되고 꿈틀거린다
왜?

잠시 책상다리를 풀고 일어나
펼쳐진 이불 위에 몸을 던진다
천정이 울렁대고 무늬도 춤춘다

가만히 지켜보며 한 줄 한 줄 세어 본다
눈을 깜박이며 멍하니 뭐 하니 티격태격하다
벌떡 일어났다
05시 55분
고장 난 시계

할 말이 없어 책상 앞에 공책 펴고

또, 멍~하니

봄

자근자근 조금씩 삭히면서 씹어라
시간을 길들이면서 꾹꾹
지모地母님이 초대했구나. 너를

입춘, 우수, 경칩, 춘분, 청명, 곡우를 보내었을 때도
네 할미는 조는 듯 마는 듯 머리 조아리고 흔들며 같은 말만 하니, 원

태양이 노여움을 풀고 고개 조아리니
전령사로 비와 바람을 보내 네 할미의 옹골진 고집도 받아주어서

아가

농약과 항생제로 굳어진 것도 모르고 잘근거리며 맛나게 먹고 있는 너를
깊은 골짜기 어두운 곳 푸른 알갱이 흰 속살이 솜털처럼 뽀송 되다니 하얀 날개 형형색색의 깃털을 주마

어서 따라 올라와

쾌청한 오후 연미복을 차려입은 환희.

중독

한 곳에 눈을 뜬다
계속해서 꿈같은 나날이
광기로 몸서리치며
한 알 한 모금
시간을 삼키고

마음은
끝 없는 옷자락
바람에 날리어 간다

어제 들은 말
오늘 해야 할 일
무엇이 중요한지
생각도 안 난다

그저
바삐 움직이고
날렵하게 손사래 치는
해묵은 일상 페르소나

순간을 영원으로 착각하는 증세
무늬처럼 번진다

손

손안에 금은 살아온 생의 넋
한 줄 한 금 엮이어서
인연과 운명을 만드네

손가락에 티눈
손안에 붉게 부어올라
해진 것은 희생과 헌신의 역사

머릿속 생각이
손안에 맑게 머무르면
마음은 기울어져
행한 대로 복을 비네

팔 아래로 떨어져 내린
손
풍요와 권력을 움켜줘

5분 전

똑딱똑딱
부지런히 퍼나르는 출발 5분 전

마음은 바쁘고 몸은 자고 있다

똑딱똑딱
멈출 수 없는 심장, 두뇌에
온몸을 휘감아 도는 길

발은 꼼지락거리고
손은 두들긴다

5분 전
그가 도착하고 마침내 가다

삶은 희극, 죽음은 비극
나의 연기는 작품이다

-「운명」 중에서

3

마중

기억

삶은 조급하다
심기를 건드리면 더욱 빨라진다
오는 이
가는 이
무엇 그리 힘들게

쉴 새 없이
돌고 돌아 멈추지 않으니
중심이 보이지 않는다
맴을 돌다 가끔 틈새가 생기면
아기, 노인의 생이
억, 억 소리 내며 맴의 중심에서
한줄기로 뻗는다

반복되는 삶 속엔 기억 장치가 있다
추가 덕목은 신의 선물, 솜사탕이다

수 세기를 거치며 뇌리에 새겨진 것
'삶이 그대를 속일지라도 노여워하거나 슬퍼하지 마라'
푸시킨의 말은 전생에서 기억될 경험이다

생의 중심은 근원에서 축을 이루어
변화하는 것은 시간의 속임수
사람은 광대, 시간의 노예일 뿐

갈등

뚝

눈물

뚝

심장에 퍼지는 열화

뚝

고슴도치 딜레마

뚜 뚜 욱 뚝 역류하는 마음
너와 나의 관계는

페르소나persona

마른 꽃잎 흩어져

바람

벗은 등 위로 타들어 가던 여름의 한낮을
시원하게 벗어던진 가을 민낯의 오후

머언 바다로부터 으르렁거리며 흰 이빨을 드러낸
비, 바람 산야를 지나갈 때

바람아
애꿎은 사람 등 두드리지 말고
시류에 타들어 충혈 진 두 눈과 세 치 짧은 혀로 교만 부리는
나를 데리고 가다오

산등성이 모질게 지나오며 숲을 콩나물 뽑듯 솎아대던 너
그대의 분탕질은 그로 멈추어다오

이제 넓은 들과 순한 양떼가
맛나게 풀을 먹고 있는 파란 창공 초록의 밭을 끝없이 펼쳐

후~우 쉬어 가렴

행복

그냥 주어지는 것이, 아니다
잃고 병들고 상처를 받아야
알아지는 것도

밤하늘 달처럼
새벽빛 금성처럼
숲속의 새들 지저귐처럼
바위를 철석대는 파도처럼

늘 그 자리에 있었다

과한 욕심이 착시를 일으켜
허세에 잔뜩 찌들어 먼 곳만 바라보았다

잃기 전에, 보내기 전에
알아챘어야 했는데
행복은 이 자리 여기에서 함께 커왔음을

마스크 벗고
손 한번 실하게 잡고

원하는 장소에서 살갑게

때론 부딪히고 긁힐지라도

그래 사는 게 행복

뿌리 깊은 나무

한 그루 점이
출렁이는 파도 속에 귀걸이처럼
매달려 생을 노래하며

뜨거운 여름 강렬한 햇살이
창가에서 숨을 헐떡일 때
연한 가지에 잎사귀 하나 달렸다

몇 날 며칠이 흐르듯 가고
조그만 입으로 볼멘소리 한다
자동차 사달라고

호호

가르쳐 주지도 않았는데
성을 내고 보채다니 눈도 샐쭉

딸아
네 곁에 온 아이
근본을 잘 세워주어야 해

뿌리 너무 깊으면 썩어지고
얕으면 무너진다는 걸

붕새로 날아 올라

이고 지고 메고 길을 걷는다
멈추지도 않고 내 어머니 그랬듯
따라 부지런히 걸어갔다.

저 멀리 초록의 숲 보인다
계곡을 흐르는 물소리
반짝이는 햇빛에 스르르 잠들어 있을 나무와 꽃
새들의 합창 들린다.

문득 뒤돌아 보니
지평선 끝에 걸려 있는 고무신
하늘에 그려진 발자국

침묵하는 바다에
안개처럼 몸을 누인다.
형체 없이 사라지는 몸
긴 뱀처럼 땅을 휘돌며 숲을 싸안는다

바람이 싱그럽게 불어와
습한 기운을 몰아내어 눈을 뜨니

해가 잔영을 뿌리며 한껏 웃고 있다

바라본 반쪽 하늘엔 힘차게 몸짓하는
붕새가 날아가고 짐을 내려놓는 너
자유!

마중

손을 내밀어, 잡아주게
가까이 다가와 안게

혼자라 외롭고 힘들다고
지쳐서 훌쩍이는 너

울지 마라 아가야

세상은 늘 열려 있고
하늘은 널 품어 안아

지켜보았다
서러움의 한때는 지나가리

날 마중하는 너
억척과 핍박으로 흰 이를 드러내더니
숙이어진 고개, 바들거리는 어깨, 젖어진 눈이
말하는 뜻을 알았다

오라 훨훨~

손을 내밀어 가까이, 더 가까이 오렴
꽈-악 안아주게

자라목 등 뒤로 쏟아지는 햇살
눈부시다

연가戀歌

폐부 깊숙이 따스함이 전해 옵니다
어제도 그제도 만나 지나치는 길목에서
우두커니 당신의 그림자를 훔쳐봅니다

수줍은 듯 먼 산 보며

모은 손가락에 힘이 들어가고
뺨 위로 쏟아지는 눈총이 따갑습니다

다가오는 모습
온화한 미소가 싱그럽군요
작은 마음에 긴 그림자로 다가와
숨이 턱에 닿습니다.
가슴은 쉴 새 없이 물레질하고
머리는 온통 활화산

짙은 눈에 깔린 침묵과 쓸쓸함
입가를 스치는 서글픔이
허허롭기만 한 그대 보며
그저

속절없는 웃음에 양볼 붉게 물들어

돌에 새겨지는 그믐밤 잔별
울음 반, 웃음 반 시계視界를 떠돈다

운명

제야의 종소리 울려 퍼질 때
한 번의 운명, 삶과 죽음의 기로에서
선택의 어려움으로 결정 장애를 보인다

동전의 한 닢
양면이 똑같은 것임을 늦게사 깨달아
눈을 들어 앞을 보니
캄캄한 어둠, 적막뿐이다

펼쳐진 두 손바닥 위로
사르르 사라져가는 흩날림 속
반짝이는 삶의 비장함이여
허무의 바람, 순간이다

소리 하나에 남겨진 죽음
태워버림으로써 사赦해지고
다시 일어나니 새 모습의 나
환하게 웃고 있네
이게 삶과 죽음의 해답
숨 한 번으로 들숨거릴 때, 날숨 지을 때

생과 사가 일어나면 삶도 죽음도 내 것인 거 없고
매달려 웃고 우는 자체도 휘기諱忌하다

너, 가는 이 자꾸 뒤돌아보지 마라
나, 가고자 한다면 자지러지는 웃음도 삼가할 일

삶은 희극, 죽음은 비극
나의 연기는 작품이다

이를테면

전두엽의 회전이 느려지면
편도체는 성가시게 빨라지고
대, 소뇌의 활동은 갈팡질팡

뇌 안에 영혼 숨을 죽이고
혈관 속을 흐르던 피
방울, 방울 느림보 걸음

어쩜 좋아

쉬어가는 목소리
쥐가 내리는 손, 발
푸르락 붉으락하는 얼굴

심장의 피 끓는 소리
낮은음자리표
눈이 저절로 감기네

맥박은 차츰 하나, 둘, 셋
피할 수 없이 다가오는 그대
타나토스

비

구멍 난 하늘에 굵은 장대비
순식간에 도로가 침수되고
차와 나무들이 아우성치며
휩쓸려 간다.

오늘은 우레같이 버럭댄다

멍한 가슴에 울려대는 빈 소리
거칠어진 호흡 검버섯 피부 위로
쏟아지는 비
마음밭 가득 웅크리고 앉아 있는
우리에게 마음껏 넘쳐흘러라

시간은 참을성도 없어라
온 세상 가득 먹구름 끼어
하늘도 참기 어려워 자주 우네

인연으로

살아감이여, 불편한 진실 앞에
죽음이 똬리 틀고
밉고 고운 정
모아, 모아 다 모아
살아왔음이여

한두 해 겪는 일
아니로고
어찌 살라 하심

삶은 시작과
동시 죽음도 동반했거늘
사람의 인연이여
쉽게 끊을 수 없네

어제 엎드려 있더니
산은 뉘엿뉘엿, 뉘엿 지고

옥수에 담은 그대의 흰 손
푸르고 서러워

마냥 눈물만 흐를 뿐

끓는 혈기 모아도
삶은 죽음보다 더 나은 것을

시詩

씨를 뿌려라
밭은 화려한 들판

곳곳에 싹이 움터
바람결에도 웃음 지어
씨 마른 소리 없어라

분 초를 다투는 아픔
시時는 추 마냥 흔들흔들

하얀 백지 검은 물
마를 날 없이

소리, 소리 빠지직 부스럭거리며
님 오기를 기다려

봄날 스무날
짙은 발 하얀 손아귀에

시詩가 시時처럼 쏟아져
아려지는 망울

하늘

가늠할 수 없는
신의 품 안

만물이 성장하고
죽어 가는
이 땅
바다 호수 협곡에도
쉼 없이
늘 그 자리에 있는 것

변화의 단계 속절없어
무상함을 모르는 무한대

바라보면서

검불덤불하는 나
훌훌히 벗고
날아가리

사랑, 사랑, 사랑비
이제나저제나 그립고

설렘은 빗물 가득

–「사랑비」 중에서

4

숨은 그림자

초록의 눈

등골 시려 가슴조차 저렸던 날 밤의 장막 위로 휘장을 거두며
초록의 눈 아장거리는 조그만 흰 발이 걸어 나온다

벗은 등 사이로 햇살 가득 접힌 채 움츠려 있던 날개
힘차게 요동치며 양날의 검처럼 펼쳐진다

무대 위에서 웅알거리던 소리 웅성대더니
생령生靈의 기운, 객석을 일으킨다

허~

검은 눈빛 생경한 소년을 보며
박장대소拍掌大笑하는 나

사라져 가는 것

과거로 가서
추억 하나 버릴 때
기억 한 편 저물다

오롯이 나만이 아는 비밀 한 가지는
짚으면 모두에게 있는 것

버려야 할 것은
있어야 할 자리에 실은 없었다는 사실

가슴 안으로 가로채진 생각은
죄책감에 싸여 불안하다

믿음과 사랑이 없어진 몹시 딱딱해진 가슴
양심이 달음질하니 정의도 곤두박질하여

무슨 일이고?
신도 알 수 없는 이유
나만의 일이런가

사랑비

허리가 굽어지도록
휘어지며 오는 비

어제, 오늘
한 달 그믐에도
하염없이 못 잊어

여기저기서 쑥덕이며 내린다

살그머니 올 땐 추억 속으로
등걸이 부러지도록 세차면 눈앞이 캄캄

하늘도 내 마음 같아 울렸다, 웃겼다 하네

사랑, 사랑, 사랑비
이제나저제나 그립고

설렘은 빗물 가득

생각의 전환

마음에 씌어진 가시면류관
하루가 온종일인지, 반낮이 하룬지
스스로의 옹기에 가둬져
생각을 말고 풀기를 여러 날 곰삭도록 하면서
변명을 끌어다 손사래 치며 웃는다

시간이 더하기를 하고
공간이 뺄셈을 한다

메스를 든 그가
부풀려져 있는 심장에 바늘귀를 툭 치니
쏴아~ 쏴 검붉은 피 흐른다

마음이 회전하고 날갯짓한다
감았던 두 눈 뜨고 가두었던 생각 내려놓는다
일도 아닌 것을

생을 노래하며

너의 운명을 사랑하라
언제나 긍정하는 자로

어두움도 밝음도 한 몸에 받아,
선택은 너의 몫

세상이 힘들게 하더라도
언제나 네 판단을 믿어
왜냐고
너는 사랑을 아는 사람이니까

지난한 과거 수 세기 동안
사람의 사랑은 여전하고

용기 있는 가슴에 품은 호연지기
살아 있음을 축복하였네

생의 한가운데서 그대
만선을 꿈꾸며 풍어를 노래하고
만삭의 해, 교교히 비추는 달빛을
벗 삼아 생을 노래한다

잠 못 드는 밤

하얀 달빛 흐르고
시리도록 흰 바람에
잠 못 들어 하는 사람

부드럽고 고요한
입술에 스쳐가는 바람
하얗게 터지는 한숨
뒤척이다 가버린 하룻밤

서러운 듯 지친
노오란 색 가스등 아래
엉거주춤 기대인 하루살이
맴을 돈다.

오늘 1

어제와 내일의 축
오늘은
우연히 지나간
과거의 한 자락

마음과 행동은
내일을 낳는 산모

생은 실낱같은
희망으로
갈 것은 가고
살 것은 건져 올린다.

심연의 바다
어둡게 가라앉아
침울하게 두 눈을 감고
기도하는

뒤돌아 앉아 있는 그대여
오늘의 오늘

여기에 있음을

잊지 말고 손을 내밀어요

오늘 2

긁적긁적
긁히는 소리

마음과 몸이
얽히고 섞여
긁적이는 것

오늘은
현재
늘
지나가고
다시 오고 가는 이곳에서

뛰다가 밟히고
몸져누웠다가 벌떡 일어나
어디론가 간다

맵고 짜고 달고 셔도
긁는 사람 가고
긁히는 나는

내일을 마중한다.

숨은 그림자

거짓의 옷
가시가 돋친 입의 속박으로
피 한 방울씩 흘릴 때마다
한 사람씩 사라져 간다

위선은 속살 숨긴 그림자
삼삼오오 짝을 지어 몰려나온다

흥건히 젖은 얼굴에 배어드는 고뇌
포효하는 사람들

짓밟혀진 포도 위로 사라져 가는 정의
선혈 낭자한 바닥엔 사슴 눈망울의 그대가
떨고

빈 들에 부는 바람

텅 빈 가슴으로
붉은 꽃을 토해 낸다

삼키고 뱉기를
수십 번
내 마음 밑바닥에
흐르는 진한 눈물
바람도 잦아드는 그곳

짙은 어둠 속에
알 수 없는 물체가
일어서 다가온다

섬찟! 흐~업

무심코 들은 두 손으로
얼굴 가려도
여전히
차가운 눈빛 오만한 태도

이것은 빈들에 부는 바람
삶이 지쳐 든다

망상 妄想

먼 하늘 바람 잘 날 없어
사람이 신이라고 우기던 시절
수 세기를 넘나들어도 철없던 이
자신을 신이라고 부르네

여러 곳을 떠돌아 갖은 고초와 서러움을 겪어도
선 긋기 바쁘다
바람에 자유를 매달아 싣고 의기양양하면서
네게 달린 날개가 말을 조아린다
너의 신은 죽었다
너의 바람도 없어졌다
따르는 무리 안개가 되고 살얼음 딛듯 눈치 보던 사람들 갔다

이 사람아

신은 경계가 없고 선 긋지도 않아
지쳐 쓰러질지언정 죽지 않아
아직도 그래
안식은 사치이다

사모곡思母曲

하늘에
그림을 그리라 하면
어머니 얼굴
그리렵니다.

하늘에
수놓일 글을 쓰라 하면
어머니 만났음은
천운이었으며 행복이었다고
쓰렵니다.

하늘에
소리를 들려주라 하면
천수경 암송하며
기도하던 낮은 음성입니다.

하늘에
빛을 보이라면
언제나 입가에서
사라지지 않던 은근한 미소의

어머니 소개합니다.

하늘에
제 마음을 호소하라면
뇌졸중으로 가신
어머니 안녕한지
바람결에라도
들려오기 바랍니다.

기도

죽음 뒤에 오는 그대!
해량할 수 없는 고통에도
굴하지 않고
삶과 죽음의 경계를 넘어
빛으로 오심을 알겠나이다.

진정한 참의 길은
이렇듯 고통 속에서 깨어나
비로소 만날 수 있는
궁극의 존재!
무엇을 보여주고, 하려 했는지
깊은 뜻 이제야 알겠나이다.

카인이 아벨을 죽였을 때
이미 타인이 된 우리
구하지 않으면 열리지도 않을
세상을 만들어 낸 우리

참회의 눈물은
어리석음을 가장한

비겁함의 소산
하여
기도는 허공을 떠도는
빈 소리

신의 용서에는 대가가 따름을
공짜는 낙원만으로 족하다는 걸
알아야 열리는
신의 손
구원!

평행선

그리워 말을 하며
돌아서니
네가 있구나

사랑한다 말하려니
너는 돌아서
길을 가고 있구나

사랑도 이별도
그리움은 여전히
그립다는 말로 남아있네

만남은 악연
애증의 세월
깊어라

나의 손을 잡으려 하는
그대
어느새 세월 먹어
피곤해진 오후같이

그래
올 것이 오고
갈 것이 가네
그리움은 반나절뿐

뒤돌아 가신 님
무리를 이끌고
달려와
새벽을 연다

–「혁명」 중에서

5
집착

메주

가마솥 풀 풀 김이 오르면
무거운 뚜껑 열고
황금색 알들이 서로 비벼댄다

불꽃이 타들어 갈수록
여기저기 춤사위가 한창이다

엄마 몰래 퍼담은 한 바가지
설탕 솔솔 뿌려 까마귀들에게 가면

새 모이 쫓듯 시커먼 조막손들 왕래에
바가지는 빈속
구수하다 배 두드린다

어마나!
큰 주걱 들고 내려다보는 서슬 퍼런 눈빛 하나
까까머리들 줄행랑에
어이쿠~
엉덩이에 번쩍 남은 주걱 한 사발

구들목 불탄 듯한 자리에 남아 있는
어머니의 손맛!
그리워 눈물 삼킨다

그리워라

낮이고 밤이고
걸음걸음 걸을 때조차

살아 숨쉼이여
들숨 날숨거릴 때마다
그대 사랑함이여

보이는 손끝 마디 마디에
스쳐가는 바람 한 끗에도
담을 수 없는 서러움

온 밤을 뒤척이며 가려는가
긴 긴 밤을 둥글게 말아
꿰매고 짊고 하여 보냈던 시간이
그리워라

그대의 찬 손, 품 안에 가두고
멍한 눈 마주 보며
허깨비 되어 웃으니

반 잔도 못 되는 허망함에
흩어지는 한낱 그리움

삶

자체가 망각이다
이유는 단 하나
잊기 위해 사는 것

갖고 태어나지 않은
오랜 빚쟁이

부르심만 받으면
갚을 생각 없이
제 한 몸도 못 가누어
부랴부랴 간다

주기적인 내 행동이
고쳐지지 않듯
반복되는 일상
역시
무책임의 연속

삶이란
시공時空 속
짧은 초침이다

혁명

마차 바퀴 닳고 닳아
삭풍 진 지난 세월

날 선 콧날
굳은 입매
꽉 걸머진 손으로
검을 만지는
푸른빛 가득한 눈

포도 위에 몰아치는
분노와 외침으로

말 발자국 소리
검날처럼
번쩍일 때

내일의 깃발을
머금고
희망의 전주곡이
울려 퍼져

뒤돌아 가신 님
무리를 이끌고
달려와
새벽을 연다

자수刺繡

한 땀 한 땀
수놓아진 색색의 실은
이리저리 굴러다녀도
모양이 만들어진다

세상의 굴레를
모질게 이겨내
여기저기서
파안대소하면

빛나는 색색의 실은
삼라만상의 실체
흔적조차도 눈부셔

가는 바늘에 생이 걸린다

시간이 바랠수록
촘촘하고 매끈하게
수놓인 자수

믹서

나를 감싸고 있는
과일 조각들

세상이 온통 노란색이야
달콤한 향기
새콤한 맛
나는 이런 세상에 산다네

컵 안에 담기는 것은
컵 모양에 따라
형형색색으로 변해
한 가지 안에 여럿 모여
다양한 색채를 띄우면

눈과 입
머리와 손
바쁘게 움직여

서러움

세상을 향해
한곳을 가리켜서
보라!

눈부신 햇살
가득한 시간 속에
홀로
정의의 깃발 들고
서 있는 그

무수히 뱉어낸
날 선 거짓말에
해명은
늪 속의 우리牛李

서러워라
어느 세월에
그대 울지 않을까?

쉼표는 중요해

누군가에게
어깨를 빌려봐도
도무지 떠오르지 않는
마음 한구석 쉼 자리

아침부터 저녁까지
잠들기라도 하려면
얼굴은 붉고
손마디는 하얗다
다리는 공중 부양 자세
몸은 동서남북이다

그렇게 열심히 뛰어다녀도
소득은 별 무無

마음 쉼표가 없는 탓
텅 빈 머리
하얗게 센 고집
버리지 않고는 자유로울 수 없다

스텐카 라진Stenka Razin

굶주리고 헐벗은 사람들이
해진 옷을 입고
땅을 긁어대는 소리
총검과 낫이 얽히고 섞이네

광활한 벌판에
그대의 한恨과 원怨이
초목을 쥐고
포효하는 목소리

하늘도 두 쪽이 나

피를 토하는 서릿발 서린 강물은
우리 마음 움켜쥐고

해 질 무렵 쓰러진 영어의 몸
흰 들판에 산산조각으로 흩어져 버렸네

스텐카 라진*
뜻 받들어 그 몸 위로 흐르는

붉은 피 밟고 또 밟으며

우린 전진하네
자유를 위해!

* 러시아의 농민 반란의 지도자. 그를 기리는 스텐카 라진이라는 민요도 있다.

단군의 발자취 찾아

북경 근처
운봉산 기슭에
조선하朝鮮河가 흐르고
밀운현 연락촌은
넓은 들 아래
나직이 고개 숙여 있네

부는 바람에
강가 버드나무
그 옛날 우리 할아버지
단군 생각나

북두칠성을 수호신으로
섬긴 텐산 아래 샤카족

이동하며
조선하 들에 공공성共工城을 쌓고
들을 호령해 살아
우리의 산실이 되었던 곳

훗날
신라 박씨 집단으로
이어져 오늘에 이르러

산해경 속에 진실 되어
감출 수 없어

집착 執着

사념은 거미줄
마음 한 곳은
하얗게 바랜
흰 종이

태워도 되살아 나는
한 조각

너를 향해 옭아맨
동아줄은
나를 수없이 갉아
매달아 둔 거미줄

입안 가득 가시 되어
말은 잊은 지 오래

마른 영혼
텅 빈 육체라도
비우라면 채우고 싶고
말리면 더욱 하고파

그러나

너를 향해

자꾸만 이끌려 가는

비좁은 마음은

언제나

구름 위

나도 쓸 수 있다

네가 글을 쓴다면
나는 그릴 수 있다

네가 소리 내어 하늘을 토로하면
나는 땅을 흔들어 초목을 울릴 수 있다

네가 죽기 아니면 까무러치기로
삶과 죽음을 얘기한다면
나도 심혈을 다하여
살아온 삶을,
다가올 죽음을,
당당히 노래하리라

맞서
살아온 세월에 값이 매겨진다면
하염없이 흐르는 눈물로도
원 없이 내 생을 살아왔다고 하리라

나를 거쳐 간 삶의 이곳, 저곳이
어느 날 한 줌의 재로

갓 구워낸 도자기에 담겨
생이 끝났음을 말하면

삶이 그래왔던 것처럼
잘난 듯이 살았었다고 쓰리라

멀리 가는 배

운하를 벗어나
노 저어 가자

해는 둥글고
바람은 쉬엄거려

반짝이는 햇살에
일렁이는 물결로
무늬져 번지는
어머니 얼굴

점점이 늘어났다
촘촘히 가버리는
파도 사이로
포말처럼 둥글게
말아버린 바닷길

날아가 멀리
손짓은 가물가물
갈매기 소리 더욱 서글퍼

연꽃 한 손에 쥐고
환영처럼 가는 얼굴

어머니
피안으로 가신다

존재의 이유

생명이 있는 것은

생물이던
무생물이던
온 곳이 있다고

색色에 의해 보이어지고
공空에 의해 보이지 않든

신은 장기를 두고
마련한 것을 살피고
관찰하여

어떻게 하던 엮이고
섞이게 하니

그의 의지에 맞서
싸워야 할지
수용해야 할지
뛸 수도

될 수도 없네

반복되는 질문에

시간은 회전되고
어둠은 어깨를 짚어 누르네

팔순이 되었어도

산수인 그대
여성을 아름답다 하고
마음으로 품을 수 있음은
살아갈 생명의 에너지
충만함을 나타내는 증거
어느 날
벤치에 앉아 지나가는
이들을 보며 아기는 사랑스럽게
어른은 후한 마음으로 보았다면
사랑의 감정이 식지 않았으니
나이 듦은 서러움의 끝
해 질 무렵
한순간 노을이 짙게 물들어
사위가 보랏빛으로
하늘은 더욱 파랗게 빛남을 보고
감동하여 촉촉했다면
당신의 영혼은 맑고 밝게 빛나는
순수
누군가
주름진 얼굴 백발의 머리칼이

바람에 흔들릴 때
가만히 손을 내저어
얼굴과 머리를 매만지는
작은 동작에도
설레인다 하면
잘 살아온 일

길을 걷다가
뒤에서 '어이'라 않고
이름을 부르며 달려왔다면
산수의 그대
소중하여 사랑받고 있는 일

김근숙의 첫 시집에서 추적된 메시지는 모순의 늪에 빠진 나약한 벌레 한 마리를 혼신으로 구출하려는 구도자의 몸짓이다. 생명의 피고 지는 순리에 대한 천착과 애잔한 존재에 기울이는 시선이 뜨겁다.

–「작품 해설」 중에서

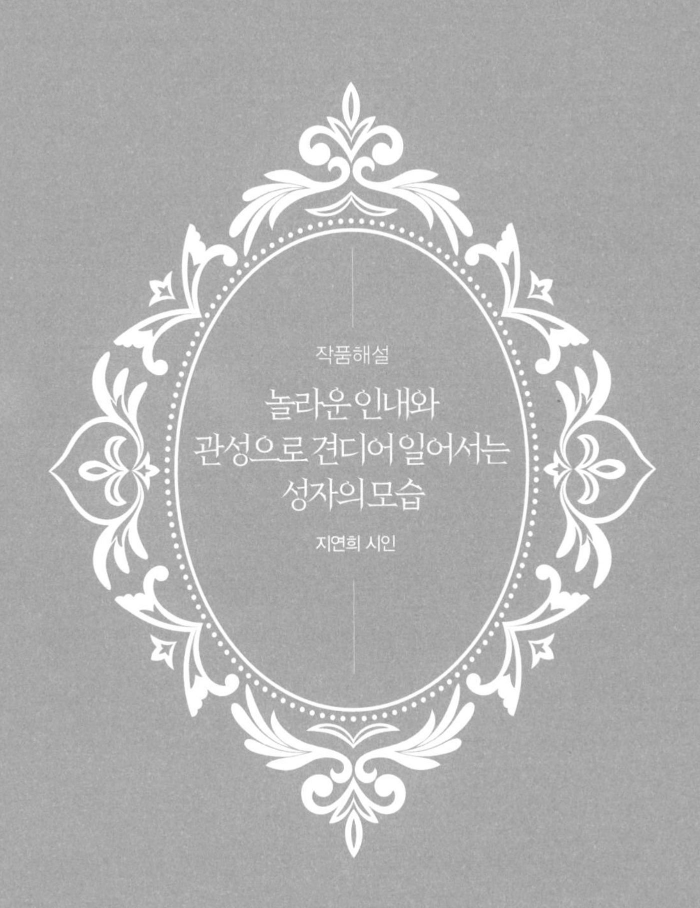

작품해설

놀라운 인내와 관성으로 견디어 일어서는 성자의 모습

지연희 시인

놀라운 인내와 관성慣性으로 견디어 일어서는 성자의 모습

지연희 시인

●

시를 쓰는 데 있어 그 구조적 유형은 최소한 30여 종의 갈래로 구분되어 있다. 까닭에 어떤 시를 어떻게 쓸 것인지에 대한 구상은 절대한의 필요 불가결한 일일 수밖에 없다. 그만큼 다양한 감성의 가닥으로 시인들은 자신이 선택한 의도에 대한 심도 깊은 의미를 세부적으로 설계하여 시의 집을 짓는다고 보아야 한다. 물론 대개는 서정시의 기틀에서 벗어나지 않고 있지만 서사시에서 풍경시, 사물시에 이르기까지 집필의 방법론에 대한 구성을 고뇌하고 있다. 2020년 계간 『문파』 문학 신인상 시 부문에 추천되어 시인의 길을 걷고 있는 김근숙 시인의 첫 시집 「초록의 눈」의 출간을 준비하며 김 시인의 시 71편을 탐독하게 되었다. 문학은 그 작가의 정신이며 사고에서 벗어날 수 없는 불문율의 규칙과도 같아서 '작품은 그 사람이다'라는 말도 있다. 시집 한 권에서 보여준 시인의 시는 시인의 정신적 산물이라는 논리를 부인할 수 없다. 김근숙의 첫 시집에서 추적된 메시지는 모순의 늪에 빠진 나약한 벌레 한 마리를 혼신으로 구출하려는 구도자의 몸짓이다. 생명의 피고 지는 순리에 대한 천착과 애잔한 존재에 기울이는 시선이 뜨겁다.

어린잎이나 떡잎이 되어도 사랑스럽다
필 때 파안대소하고, 질 때 눈물 뚝 흘린다

왜 사람이 꽃을 좋아할까?

꽃의 생명은 한 숨, 사람도 한 숨
만물 원리가 조그만 씨앗으로 잉태되어 영혼이 깃든다

온 세상을 날아가는 꽃
바람이 실어주고 태양이 길러주어

태엽을 감고 맷돌처럼 세상을 돌리는 이여
한 방울 '뚝'으로 꽃을 지우는구려

그래

– 시 「꽃」 전문

땅을 박차고 힘껏 뛰면 여러 번 오를 수 있어
하지만, 양쪽에 줄 잡은 사람 마음이래

뛰어오르고 내리고
시간 가는 줄 몰랐네

툭~투욱

고무줄 끊기는 소리에 공중을 휘돌던 다리
푹석 내리꽂고 몸은 좌향좌 우향우

튀고 달아나는 철이 머리를 달음질하여
붙잡으니 휘둥그레 놀란 눈

아무리 뛰어올라도 그 자리
줄 잡은 이 없으면 재미없는 놀이
세상이 있기에 오늘도 내일도 장단 맞추네

– 시 「고무줄놀이」 전문

시 「꽃」의 내력을 탐색하면서 생명의 생성과 생명의 소멸에 대한 시인의 그윽한 시선들과 마주할 수 있었다. 한 숨에 피어나고 한 숨에 떨어지고 마는 덧없는 꽃의 역사를 짚어내는 몸짓이 처연했다. 또한 사람도 꽃과 다르지 않다는 생명의 순연한 순환 고리를 지긋한 시선으로 조망해내고 있는 것이다. '조그만 씨앗으로 잉태되어 영혼이 깃드는' 신비로운 생명 존재의 규율을 가늠한다. '태엽처럼 감고 맷돌처럼 세상을 돌리는' 절대자의 설계도면 속에서 어느 날 '뚝' 떨어져 사라지는 꽃이며 사람 하나의 길이 쓸쓸해서이다. 시인은 무엇 때문에 '왜 사람이 꽃을 좋아할까?'라는 질문을 던져 놓은 것일까 궁금했다. 굳이 예감하건데 꽃과 사람의 성품이 피고 지는 순리하나로 동일시되고 있는 탓이다. 어느 날 눈부시게 피었다 속절없이 사라지는 "한 방울 '뚝'이 되어 흔적마저 버리고 지워지는" 까닭이다. 그래, 그렇지 긍정의 아이콘으로 손을 잡는 화합이다.
시 「고무줄놀이」를 들여다본다. 김근숙의 화법은 단순한 의미 전달만의 수행은 아니다. 고무줄놀이 하나만으로도 심오한 삶의 철학을 대입시켜 '질문하고 답하는' 해독解讀의 경지를 확장시킨다. '땅을 박차고 힘껏 뛰면 여러 번 오를 수 있어/ 하지만, 양쪽에 줄 잡은 사람 마음이래' 뛰어오르고 내리며 시간 가는 줄 모르는 무아의 경지 속에서 한 시절의 추억을 이 시는 소환시키고 있다. 땅을 박차고 하늘 높이 뛰어오를 수 있는 까닭은 고무줄 양쪽 끝에서 줄을 잡아주던 친구들의 배려 때문이었다는 삶의 질서를 깨우치게 한다. 슬픔이 기쁨이 되고 기쁨이 슬픔에 이를 수 있다는 순환작용을 극대화 하는 것이다. 여자아

이들의 고무줄놀이 속에서는 양념처럼 등장하게 되는 철이가 뚝-뚜욱 끊어버린 고무줄로 공중에 휘돌던 몸이 폭석 내려 꽂이고 좌양좌 우향우 달아나던 철이의 개구쟁이 몸짓도 아름다운 시절의 장단이었다.

작은 어깨 동그랗게 말아 시린 손, 새파래진 몸
들여다보며 바닥을 응시한다

초점 잃은 시선이 머무는 곳에 갈고리 같은 나의 삶
얽히고설키어 헤어나지 못하네

굽은 등 위로 비추어진 햇살에 붓고 부풀어 오른 멍울
자국

내 안의 불성佛性 찾아 먼 길 돌아
심연深淵에 닿으니

군중 앞에 죽음도 불사할 용기 있다 하던 나
홀로 두려워 주섬주섬 두리번거리는 모습 비굴하여라

저 너머 존재하는 건 공포인가, 환희일까?
선일까, 악인가

아니
궁극의 완벽함은 시공도, 경계도 없는
무無
　　　　　　　　　　　　　– 시 「저 밖에는」 전문

가벼운 바람이래도
실눈 같은 간교가 있으면
살짝 스쳐도 베인다

졸졸 흐르는 물도 상처를 느끼고
낙엽 한 잎에도 짓물린 눈물 흘린다

우연히 생각 없이 흘렸던 말들이
싹이 트고 꽃망울 맺어
여기저기서 붉은 생채기를 토한다

시간도 스치고 공간도 텅 빈다
지나가는 것은 밟으며 가고
쉬는 숨 헛기침 한다

언젠가 갈 것은 가고

올 것은 느닷없이 와
임박한 무렵에서야 진아眞我와 마주할진데

스쳐가는 것은
그리 가볍지 않다

–시 「스쳐가는 것」 전문

삶의 바다에 닿으면 밀려드는 파도의 야멸찬 손끝은 경직된 긴장에 몰입되지 않을 수 없다. '작은 어깨 동그랗게 말아 시린 손, 새파래진 몸/ 들여다보며 바닥을 응시한다'는 극도로 초췌해진 '갈고리 같은 나의 삶'의 피폐를 시 「저 밖에는」은 조망하고 있다. 얽히고설키어서 헤어나지 못하는 참담한 모습이다. '굽은 등 위로 비추어진 햇살에 붓고 부풀어 오른 멍울 자국'은 결국 내 안의 불성佛性을 찾아 빠져나오기 힘든 마음 깊은 멍울을 참회하게 한다. '군중 앞에 죽음도 불사할 용기 있다 하던 나'에게서 내가 저 홀로 두려워 두리번거리는 모습이 비굴하기 짝이 없다는 화자의 고뇌는 저 너머 밖이라는 미혹의 세상을 견주기에 이른다. '공포와 환희, 선과 악'의 존재가 가능한 것일까 질문한다. 따라서 '궁극의 완벽함은 시공도, 경계도 없는/ 무無'의 세계로 진입하기 위한 번뇌의 얽매임에서 해탈의 자유를 꿈꾸게 된다. 극한의 고통 속에 몰입하여 파고의 늪에서 자아를 실천하는 수행이 아닐 수 없다. 시인 김근숙의 시문학의 바탕은 불심의 근원으로 시작되고 있다. 이 세상의 고통과 번뇌에서 벗어나 열반에 들어 부처에 닿기 위한 정신이다. 시 「스쳐가는 것」의 의도에서도 가벼운 메시지는 아니다. 모순된 삶의 궤적이 칼이 되어 살을 베는 아픔을 담고 있다. '가벼운 바람이래도/ 실눈 같은 간교가 있으면/ 살짝 스쳐도 베인다// 졸졸 흐르는 물도 상처를 느끼고/ 낙엽 한 잎에도 짓물린 눈물을 흘린다'는 것이다. 무심히 스치는 바람 한 결에도 '간교'가 있다면 칼이 되어 베이고, 졸졸 흐르는 물도 물밑의 자갈에 상처를 입고 흐느끼며 흐르는 것이다. 낙엽 한 잎에도 짓물린 눈물이 흐른다고 한다. 생각 없이 흘린 말들이 여기저기 붉은 생채기가 되어 상처를 만든다. 하지만 '언젠가 갈 것은 가고/ 올 것은 느닷없이 와/ 임박한 무렵에서야 진아眞我와 마주할진데// 스쳐가는 것은/ 그리 가볍지 않다'고 한다. 무심히 스치는 바람 한 줄기의 '간교'한 술책이 뿌리 깊은 상처를 키우지만 종내에는 진정한 나我를 찾는 근원에 이는 과정을 설파하고 있다.

손을 내밀어, 잡아주게
가까이 다가와 안게

혼자라 외롭고 힘들다고
지쳐서 훌쩍이는 너

울지 마라 아가야

세상은 늘 열려 있고
하늘은 널 품어 안아

(중략)

손을 내밀어 가까이, 더 가까이 오렴
꽈-악 안아주게

자라목 등 뒤로 쏟아지는 햇살
눈부시다

– 시 「마중」 중에서

전두엽의 회전이 느려지면
편도체는 성가시게 빨라지고
대, 소뇌의 활동은 갈팡질팡

뇌 안에 영혼 숨을 죽이고

혈관 속을 흐르던 피
방울, 방울 느림보 걸음

어쩜 좋아

쉬어가는 목소리
쥐가 내리는 손, 발
푸르락 붉으락하는 얼굴

심장의 피 끓는 소리
낮은음자리표
눈이 저절로 감기네

맥박은 차츰 하나, 둘, 셋
피할 수 없이 다가오는 그대
타나토스

– 시 「이를테면」 전문

시 「마중」의 메시지는 '혼자라 외롭고 힘들다고/ 지쳐서 훌쩍이는 너'에게 내미는 따뜻한 손길이다. 마치 화자의 외로움과 힘겨움을 치유하듯이 지쳐 훌쩍이는 너에게 손을 내밀어 잡아주거나 가까이 다가와 앉히며 권하는 무궁한 배려이다.

"울지 마라 아가야" 세상 삶에서 가장 나약한 존재에 보내는, 허술한 생명들에게 건네지 않을 수 없는 도닥임이다. 세상은 늘 열려 있고 하늘은 널 품어 안아 서러움의 한때는 지나가는 폭풍이어서 억척과 핍박의 흰 이를 드러내던 계절은 지나가는 일임으로 위무하게 된다. '손을 내밀어 가까이, 더 가까이 오렴/ 꽈-악 안아주게// 자라목 등 뒤로 쏟아지는 햇살/ 눈부시다' 깊은 웅덩이에 빠져 허우적거리다가 은혜로 펴는 마중물로 고난을 극복하고 있다. 자라목 같은 결핍의 덩이로 움츠리던 등 뒤로 쏟아지는 햇살이 비로소 눈부신 손잡음을 만들어 낸다. 시 「마중」의 접속은 절대자의 손에 얹힌 무수한 사랑 같아서 찬연히 빛나고 있다. 시 「이를테면」은 의학적으로 인간의 대뇌 반구의 앞부분에 있는 전두엽의 기능으로 일어나는 현상을 중심으로 운동 중추와 운동언어 중추의 사고 판단과 같은 고도의 정신작용이 이루어지는 곳의 현상에 대한 조명이다. 까닭에 전두엽의 회전이 마비되면 대뇌와 소뇌의 활동은 갈팡질팡하여 혈관 속에 흐르던 피가 느림보 걸음으로 활동이 마비되는 상황을 이 시는 그려내고 있다. '심장의 피 끓는 소리/ 낮은음자리표/ 눈이 저절로 감기네' 마치 죽음에 이르는 과정을 묘사하듯 하는 시 「이를테면」의 근저에는 전두엽의 활동이 하나 둘 마비되어 피할 수 없는 코마coma 상태에 몰입되고 있다. '맥박은 차츰 하나, 둘, 셋/ 피할 수 없이 다가오는 그대/ 타나토스'에 이르게 된다. 그리스 신화에 등장하는 죽음을 의인화 한 신으로 타나토시는 자기를 파괴하고 생명이 없는 무기물로 환원시키려는 욕구로 죽음의 본능을 구현시키려는 존재이다. 그러나 시인은 죽음을 죽음으로 받아들이지 않는다. '일도 아닐 뿐'이다. 삶과 죽음의 경계를 초월한 시인의 지난한 삶의 애환이 뿌리깊이 감지되는 시편이다.

등골 시려 가슴조차 저렸던 날 밤의 장막 위로 휘장을 거두며
초록의 눈 아장거리는 조그만 흰 발이 걸어 나온다

벗은 등 사이로 햇살 가득 접힌 채 움츠려 있던 날개
힘차게 요동치며 양날의 검처럼 펼쳐진다

무대 위에서 옹알거리던 소리 웅성대더니
생령生靈의 기운, 객석을 일으킨다

허~

검은 눈빛 생경한 소년을 보며
박장대소拍掌大笑하는 나

－시 「초록의 눈」 전문

마음에 씌어진 가시면류관
하루가 온종일인지, 반낮이 하룬지
스스로의 옹기에 가둬져
생각을 말고 풀기를 여러 날 곰삭도록 하면서
변명을 끌어다 손사래 치며 웃는다

시간이 더하기를 하고
공간이 뺄셈을 한다

메스를 든 그가
부풀려져 있는 심장에 바늘귀를 툭 치니
쏴아~ 쏴 검붉은 피가 흐른다

마음이 회전하고 날갯짓한다
감았던 두 눈 뜨고 가두었던 생각 내려놓는다
일도 아닌 것을

– 시 「생각의 전환」 전문

시 「초록의 눈」은 이 시집의 표제 시이기도 하지만 싱그러운 생명의 시작을 알리는 생성의 기운이 맴도는 신비로움이 있다. 이번 시집 여러 편의 좋은 시 중에서도 특별히 눈에 띄는 시라고 생각한다. '등골 시려 가슴조차 저렸던 날 밤의 장막 위로 휘장을 거두며/ 초록의 눈 아장거리는 조그만 흰 발이 걸어 나온다'는 생명 탄생의 경이로움이 초록의 눈을 뜨고 아장거리는 조그마한 흰 발로 대지의 기운을 다독이고 있다. 선명한 이미지들의 결합이 이처럼 아름다운 숨결로 호흡을 시작하며 내일을 준비하고 있는 것이다. '벗은 등 사이로 햇살 가득 접힌 채 움츠려 있던 날개/ 힘차게 요동치며 양날의 검처럼 펼쳐진다' 우렁찬 숨의 표호가 삶이라는 무대를 딛고 일어서 비상하려는 자세다. 어느새 '무대 위에서 옹알거리던 소리 웅성대더니/ 생령生靈의 기운, 객석을 일으킨다// 허~/ 검은 눈빛 생경한 소년을 보며/ 박장대소拍掌大笑하는 나' 더 이상 무엇이 필요할 수 있을까. 한 그루의 초록이 한 사람의 청년이 세상을 지고 누군가 비워놓은 자리를 채우고 있다. '마음에 씌어진 가시면류관/ 하루가 온종일인지, 반낮이 하룬지/ 스스로의 옹기에 가둬져/ 생각을 말고 풀기를 여러 날 곰삭도록 하면서/ 변명을 끌어다 손사래 치며 웃는다'는 시 「생각의 전환」은 마음에 씌어진 가시면류관으로부터 파생된 밤낮을 잃고 스스로를 유배시키는 생각에서 해방되기를 노력한다. '시간이 더하기를 하고/ 공간이 뺄셈을 한다'는 이 기막힌 공법에는 흐르지 않는 시간 속에서 공간을 비우고 싶은 의지가 투철하다. 문제는 '메스를 든 그가/ 부풀려져 있는 심장에 바늘귀를 툭 치니/ 쐬아~ 쏴 검붉은 피가 흐른'다고 해도 놀랄 것 없는, 미동도 하지 않는다는 것이다. 더 이상의 시련이 다가선다 해도 두려울 게 없다는 '생각의 전환'이다. '마음이 회전하고 날갯짓한다/ 감았던 두 눈 뜨고 가두었던 생각 내려놓는다/ 일도 아닌 것'으로 호탕하게 내려놓는 이 초탈의 비움이 검붉은 피의 흐름까지 일도 아님으로 무색하게 한다. 거듭 거듭 김근숙 시의 면모를 감상하며 느끼는 일은 놀라운 인내와 관성慣性으로 견디어 일어서는 성자의 모습을 만나고 있다는 점이다.

거짓의 옷
가시가 돋친 입의 속박으로
피 한 방울씩 흘릴 때마다
한 사람씩 사라져 간다

위선은 속살 숨긴 그림자
삼삼오오 짝을 지어 몰려나온다

흥건히 젖은 얼굴에 배어드는 고뇌
포효하는 사람들

짓밟혀진 포도 위로 사라져 가는 정의
선혈 낭자한 바닥엔 사슴 눈망울의 그대가
떨고

- 시 「숨은 그림자」 전문

'거짓의 옷/ 가시가 돋친 입의 속박으로/ 피 한 방울씩 흘릴 때마다/ 한 사람씩 사라져 간'다로 유리된 시 「숨은 그림자」는 위선으로 본질을 숨긴 어둠의 그림자들이 삼삼오오 짝을 지어 몰려나오는 세상이다. 믿음이 사라진 괴리가 만든 홍건히 젖은 얼굴에 배어드는 고뇌로 인하여 사람들은 짚단 쓰러지듯 피 한 방울로 한 사람씩 사라지게 된다. 혼란의 도시는 힘 있는 사람들이 판을 치고 정의는 먹구름에 숨어 말을 잃어가는 거짓의 옷이다. 김근숙의 시는 바로 짓밟혀진 포도 위로 사라져 가는 정의와 선혈 낭자한 바닥에 사슴 눈망울의 '그대'가 떨고 있음을 고발하려 한다. 어디서 무엇을 동경憧憬하여 포도에 낭자한 선혈과 사슴 눈망울로 떨고 있는 그대(정의)를 공포로부터 구출할 수 있을지 대책이 없다. 숨은 그림자는 정의를 숨긴 미안마 민중의 궐기인지 모른다. 아니 믿음이 사라진 너와 나의 홍건히 젖은 얼굴에 배인 고뇌인지 모른다.

김근숙의 시집 읽기를 이쯤에서 줄인다. 김근숙 시인은 언어 사용의 틀이나 범위가 넓은 편이다. 대개의 시들에서 표출되는 암울한 주제가 내포하고 있듯이 생과 사의 문제들과 대립하고 타협하는 시편들이 적지 않았다. 다만 이 모두는 진지하고 경계를 초월하여 가슴이 메어 오는 안타까움으로 주저하기도 했다. 삶을 살아낸다는 것은 얇은 유리판 위의 뜀뛰기와 같다는 경계를 주문하지만 남다른 관계의 혹독한 고뇌로 지탱하기 힘

겨웠으리라 생각한다. 그럼에도 꿋꿋하게 일어서 명예로운 시인의 반열에 들게 되어 축하하지 않을 수 없다. 첫 시집의 출간임에도 불구하고 좋은 작품들이 눈에 띄어 감사한 일이다. 앞으로 더 빛나는 시인의 자리에 들어 부단히 노력해 주기를 기원한다.

초
록
의

눈

RAINBOW | 090

초록의 눈

김근숙 시집